Tucholsky Wagner Zola Scott Sydow Schlegel
Turgenev Fonatne Freud
Twain Wallace Walther von der Vogelweide Fouqué Friedrich II. von Preußen
Weber Freiligrath Frey
Fechner Kant Ernst
Fichte Weiße Rose von Fallersleben Richthofen Frommel
Hölderlin
Engels Fielding Eichendorff Tacitus Dumas
Fehrs Faber Flaubert
Eliasberg Ebner Eschenbach
Feuerbach Maximilian I. von Habsburg Fock Zweig
Ewald Eliot Vergil
Goethe London
Elisabeth von Österreich
Mendelssohn Balzac Shakespeare Dostojewski Ganghofer
Lichtenberg Rathenau
Trackl Stevenson Doyle Gjellerup
Mommsen Tolstoi Hambruch
Thoma Lenz Droste-Hülshoff
Dach Verne von Arnim Hägele Hanrieder
Reuter Hauff Humboldt
Karrillon Garschin Rousseau Hagen Hauptmann Gautier
Defoe Baudelaire
Damaschke Descartes Hebbel
Hegel Kussmaul Herder
Wolfram von Eschenbach Schopenhauer
Bronner Darwin Dickens Grimm Jerome Rilke George
Melville Bebel
Campe Horváth Aristoteles Proust
Bismarck Vigny Voltaire Federer Herodot
Barlach
Gengenbach Heine
Storm Casanova Tersteegen Grillparzer Georgy
Chamberlain Lessing Langbein Gilm
Brentano Gryphius
Claudius Schiller Lafontaine
Strachwitz Schilling Kralik Iffland Sokrates
Katharina II. von Rußland Bellamy
Gerstäcker Raabe Gibbon Tschechow
Löns Hesse Hoffmann Gogol Wilde Vulpius
Luther Heym Hofmannsthal Gleim
Roth Klee Hölty Morgenstern
Heyse Klopstock Goedicke
Luxemburg Puschkin Homer Kleist
Machiavelli La Roche Horaz Mörike Musil
Navarra Aurel Musset Kierkegaard Kraft Kraus
Nestroy Marie de France Lamprecht Kind Kirchhoff Hugo Moltke
Laotse Ipsen Liebknecht
Nietzsche Nansen
Marx Ringelnatz
von Ossietzky Lassalle Gorki Klett Leibniz
May vom Stein Lawrence Irving
Petalozzi
Platon Knigge
Sachs Poe Pückler Michelangelo Kock Kafka
Liebermann
de Sade Praetorius Mistral Zetkin Korolenko

Der Verlag tradition aus Hamburg veröffentlicht in der Reihe **TRADITION CLASSICS** Werke aus mehr als zwei Jahrtausenden. Diese waren zu einem Großteil vergriffen oder nur noch antiquarisch erhältlich.

Symbolfigur für **TRADITION CLASSICS** ist Johannes Gutenberg (1400 — 1468), der Erfinder des Buchdrucks mit Metalllettern und der Druckerpresse.

Mit der Buchreihe **TRADITION CLASSICS** verfolgt tradition das Ziel, tausende Klassiker der Weltliteratur verschiedener Sprachen wieder als gedruckte Bücher aufzulegen – und das weltweit!

Die Buchreihe dient zur Bewahrung der Literatur und Förderung der Kultur. Sie trägt so dazu bei, dass viele tausend Werke nicht in Vergessenheit geraten.

# Aus den Tagebüchern

Georg Heym

# Impressum

Autor: Georg Heym

Umschlagkonzept: toepferschumann, Berlin

Verlag: tredition GmbH, Hamburg
ISBN: 978-3-8495-3038-9
Printed in Germany

# Erstes Tagebuch

d. 20.12.1904. Und nun will ich auch ein Tagebuch anfangen.
Wozu? Vielleicht um idealer Zuschauer meines Selbst zu sein, wie
ich irgendwo gelesen habe, oder auch sonst aus andern Gründen. Es
soll den Stempel der Wahrheit tragen. Ich will nichts beschönigen.
Es soll mein Spiegel sein. (...)

d 27. 12.04. Manchmal kommt über mich so eine Ahnung des
Niegelingens »Es schwinden, es fallen die leidenden Menschen wie
Wasser von Klippe zu Klippe geworfen blindlings von einer Stunde
zur andern, jahrlang in's Ungewisse hinab.« Und trotzdem kämpfe
ich immer noch weiter. Am ersten Feiertag saß ich neben ihr in der
Kirche, eine richtige Feierstunde. Natürlich mußte ich, um mich
interessant zu machen, das Heilige verspotten. Ich kann das eben
nicht lassen. (...)

8.2.05. Ach, was das für eine Qual ist. Ich habe heute einen Auf-
satz zurückbekommen: Frieden und Streit in Göthes Herrmann und
Dorothea. Note:»mangelhaft. Phrasen können die Gedanken nicht
ersetzen.« Was das für eine Qual ist unter einem solchen hölzernen
Kerl von Pauker zu arbeiten. Steif wie ein Ladestock. Bei Bespre-
chung der Friedensszene im Hause des Wirtes eingangs des Gedich-
tes schreibe ich: Diese ganze Friedensszene nimmt sich aus wie ein
Bildchen auf den  v e r s t a u b t e n   P o r z e l l a n t ä ß c h e n   der
Großmutter. Urteil: »Werden sie nicht abgewischt?«.

Um Gotteswillen nicht sich erlauben, produktiv zu sein. Da sind
wir ja noch viel zu unreif. Dieser Herr ist so ganz nach dem Sinne
meines Vaters, der ja auch nur aus Haut und Knochen besteht.:
Poesie, Kunst u.s.w. sind unpraktisch und überflüssiger Luxus.
Wenn ich konsequent wäre, müßte ich mir eigentlich unter diesen
Verhältnissen das Leben nehmen. Aber ich glaube an mich. Ich
werde auch allein meinen Weg gehen können.

d.23.4.1905 In die Verbannung. Gerade jetzt, wo ich mit Nelly so freundschaftlich stehe. Ich nehme mir vor, in Neu-Ruppin als ganz krasser Pessimist aufzutreten.

»Und viel zu grauenhaft, als daß man klage,
daß alles gleitet und vorüberrinnt.«

Ein Bekannter meines Freundes Ernst Balcke, mir auch gut bekannt, beging Selbstmord.

Er war einer der klügsten Menschen, die ich kenne. Er erfand in einsamen Nächten schon ganze mathematische Sätze. Dafür war er in der Schule durchaus ungenügend, trotzdem er seine Mitschüler an Schärfe des Verstandes weit überragte. Ich glaube, diese Schule ist der Verderb jeden Genies. Was wollte ich wohl arbeiten, wenn ich mir meine Lehrer zu allem Guten und Schönen selbst wählen könnte. Nun werde ich in Neu Ruppin von der Vergangenheit leben, mich gewissermaßen wie ein Schmetterling verpuppen; vielleicht wird in der Abgeschiedenheit aus der häßlichen Puppe ein schöner Falter.

Dieser Vogel starb. Er ging wunschlos aus dem Leben fort in das »graue Nichts« wie er sagte. Würde Goldelse zu mir sagen:»Komm stirb mit mir«, so würde ich mich wohl kaum lange besinnen.

»Sterben, Schlafen, Nichts weiter.« (...)

30 Mai. 1905 Meine Pensionsmutter sagte mir, ich sähe immer so mißmutig aus. Ich bin eigentlich stolz darauf. Denn hier fröhlich aussehen kann nur der, der in die Atmosphäre dieser Kleinstadt paßt. (...)

5.6.1905 Ich sitze hier eben bei meiner Lampe und sehe zu, wie aus dem dunklen Garten durch das offene Fenster die Nachtschmetterlinge hereinflattern. Mit ausgebreiteten Flügeln fliegen sie in das Feuer. Ein Augenblick strahlenden Glanzes um sie herum, und dann Nichts mehr. Ein Nachtwindhauch führt ihre Aschenstäubchen zurück in den dunklen Garten. O, das ist schön, ein Augenblick strahlenden Glücks und dann verwehn.

Mein Bekannter Vogel ging, wenn ich mich so ausdrücken soll, verstandesmäßig mathematisch berechnend in den Tod, falls ich es tuen sollte, würde ich dem Unbekannten mit dem Gemüt fühlend entgegen treten. Aber ich hoffe, ich kann es mit dem Spiel mit diesem Gedanken bewenden lassen. Mein Vater untersagte mir die Fahrt, es kommt zum Bruch.

24 Juni. 1905 Ich schreibe immer dasselbe eigentlich. Meine Pensionsmutter nahm mich eben wieder vor, ich sollte nicht so grübeln. Ich sollte den Kopf hochhalten. Sie macht sich wirklich, scheint es, die Mühe, auf mich aufheiternd einzuwirken. Ich konnte ihr wohl für ihre Liebe danken. Aber ich habe den Kopf schon oft nach oben gerichtet und die Liebe, um die ich bat, nicht gefunden.

Jetzt bete ich nicht mehr. Ich sehe nur noch abends zu den Sternen auf und grüble, doch eigentlich nutzlos. (...)

17.7.1905 Meine Lieblingsbücher sind Caracosa und Leonardo da Vinci. Ohne sie wäre ich arm. Das ist eigentlich komisch, denn sonst sind sie garnicht so bekannt und beliebt. Ich möchte finden, ob ich den gleichen oder den entgegengesetzten Charakter habe z.b. wie Leonardo, wie ihn Mereschkowskiy hinstellt. Beides ist ja, um den Leonardo recht zu lieben, möglich. Les extremes – – –. Ich vergaß Bethges Hölderlin. Dieser muß überhaupt dem da Vinci sehr verwandt gewesen sein.

Ognibene – Caracosa!

4 September 1905. Was soll man schreiben! Ein Tag ist wie der andere und sie laufen alle ohne unseren Willen ihren Weg. Ich schreibe auch nur wieder, um irgend einen Merkstein aus diesen trüben langweiligen Tagen zu haben. Früher schrieb ich von dem, dessen das Herz voll war und doch könnt ich auch da nicht alles aufschreiben, da ich viel zu viel zu schreiben hatte. Ich erinnere mich kaum jetzt noch daran. Ich lebe meine Tage so weiter ab, wie

ein Ton, den ein Künstler angeschlagen hat, noch lange nachklingt über uns hin. Es tauchen auch noch mir poetische Gedanken auf, aber das Feuer fehlt mir, die Liebe zum Gestalten der Gedanken. (...)

10.9.1905 Ich lese eben Heinz Tovote. Er ist ein sehr guter Causeur, fast in der Art des genialen Guy. Aber auch er schildert immer nur den Schmerz n a c h dem verlorenen Glück.

O ich sehne mich so nach dem großen Schmerz. Wen die Götter lieben, dem geben sie großes Glück und großen Schmerz ganz. Und dazu geben Sie ihm eine strahlende Schönheit, daß ihrem Geschenk eine schöne Hülle sei. Wo ist etwas davon bei mir? Ich weiß, wenn man glücklich ist, ist man schön.

Und es steht geschrieben: Haltet euren Leib rein, denn er soll ein Tempel des Geistes sein. Es ist jenen Götterlieblingen leicht, ihre Schönheit rein zu erhalten, denn in großem Glück und in großem, wahrem Schmerz verabscheut man das Niedrige, Gemeine. Mir ist es schwer, aber bis heut habe ich es noch getan.

Und wenn ich fallen will, dann denke ich an meinen lieben Hölderlin, wie er des großen Leides gewürdigt wurde. Und dann warte ich wieder auf den großen Schmerz, und kehre mich ab vom Gemeinen. Denn durch unedles Handeln würde ich meinem Ideal immer unähnlicher. O, wie ich Hölderlin liebe. Wenn er durch die Straßen ging, dann war es, als schritte Apoll einher. Und ich liebe ihn wegen seiner Schönheit, und daß er des größten Glückes und des größten Schmerzes geweiht wurde.

Ich werde jetzt bald Nelli wiedersehen. Wie wird das werden? Vielleicht sehe ich auch Stenzi wieder. Wird mich das endlich zu dem großen Glück und zu dem großen Schmerz führen?

30.12.05. (...) »Ihr laßt den Armen schuldig werden, dann überlaßt Ihr ihn der Pein«»Greif zu und iß, dann dulde«. Ja Zitate hat man leichtlich bei der Hand. Ja ich glaube wirklich, es wäre besser, ich wäre nie geboren.

den 8. Mai 1906.

O Begeisterung, so finden
wir in dir ein selig Grab,
tief in deine Wogen schwinden
still frohlockend wir hinab.

Diese Verse sind mir in der letzten Zeit viel gewesen. Wenn ich einmal dazu kommen sollte, mir den Tod geben zu müssen, so sollen sie mich hinabgeleiten. Wem das Leben mißrieht, der sehe, daß ihm das Sterben um so mehr gerate. Er gehe dahin, umringt von Hoffenden und Gelobenden. Wie wäre es schön, schon jetzt im Leben eine Gemeine der Hoffenden und Gelobenden zu gründen. Es wäre falsch, für sie auch Glaubenssätze zu formen oder sonst eine Art des Ritus festsetzen zu wollen. An schönen Mondnächten, bei Sonnenaufgang, immer zu geweihten Stunden, müßten sie sich sammeln. Doch ich glaube, dies müßte immer Utopie bleiben, da mehrere doch nie den gleichen Geist fühlen könnten. (...)

20. 7.1906 Ich bin nämlich gar kein Mensch. Ich bin nur irgend eine Art Spiegel gewissermaßen, der anderer Menschen heiße Gefühle in sich aufnimmt und zurückstrahlt, aber eigene Gefühle kann ich mir nicht erlauben. Es ist riesig egal, ob hier noch irgendwelche Stilschönheit gewahrt wird, oder nicht, so unglaubliches ist mir begegnet, so unglaubliches, daß ich darüber garnicht zu denken wage, ja daß es mir fast garnicht so ungeheuerlich erscheint.

(...) Ja es sind keine Götter, es kann keine Götter geben, der große Pan ist tot, aber ich muß sie mir schaffen, um mit ihnen sprechen zu können, denn mit wem sollte ich es sonst. (...)

21. Juli 1906 Die Natur ist eben nicht mit dem Genie im Bunde, vielmehr ist das Genie gerade oft häufiger ihren Angriffen ausgesetzt, als der Kleine. Es ist, als ob die Natur in einer Art von Kommunismus, alles nivellieren möchte, als könnte sie es nicht ertragen, daß ein Mensch über die andern hinauswächst und auch ihr mit seines Geistes Waffen gefährlich wird, daß er sie knechtet, indem er ihre Gesetze erkennen lernt und sich dienstbar macht. Das Genie muß die Natur im Dienst der Menschheit bezwingen, sie ist seine allerschlimmste Feindin. Aber sie rächt sich oft sehr heimtückisch,

indem sie dem Genie oft alle Möglichkeit nimmt, persönlich glücklich zu werden.

Warum muß ein Sokrates abschreckend häßlich sein, er, der so alles Schöne verehrte, wäre er nicht ein herrlicher Heros des Griechischen Schönheitsgedankens noch für die begeisterte Nachwelt geworden, wenn er auch einmal in dem Olympischen Kampf, wo Schönheit, Gewandheit und Kraft siegten, die Palme gewonnen hätte? Alzibiades ist so schön, doch wo ist sein Gedankenschatz niedergelegt? War nicht also Sokrates würdiger, schön zu sein? Ferner, wenn die Natur mit dem Genie im Bunde ist, wie kann sie es zulassen, daß Michelangelo Buonarotti das Nasenbein eingeschlagen wird, und damit ein Mann voll des tiefsten Schönheitsgefühls für immer eines persönlichen Glücksgefühls, das immer aus eigener persönlicher Schönheit entspringt, und vor allem für immer des Liebesglücks beraubt wurde. Wenn ich früher sagte, er hätte wohl kein Empfinden für Liebe gehabt, so irrte ich mich, man denke nur an jene alte Gräfin, für die er, selbst als Greis, noch so zartes Liebesgefühl hegte. War ein Mensch überhaupt unglücklicher als er?

Dann der große Abklatscher Raffael, dieser Mensch, der sich ein eigenes Hurenhaus hielt, der also keineswegs die künstlerische und sittliche Tüchtigkeit des echten Genies hatte, war er nicht ein selten glücklicher Mensch? Wie gesagt, das Genie muß leiden lernen, um durch sein Leid und seine Einsamkeit geadelt, wieder für die kleinen, glücklichen segenbringend zu wirken. Die Natur ist die Feindin, nie der Freund des Genies.

13. VIII. 06 Ich kann es nicht sagen, wie ich die Schönheit liebe. Man bebt oft und erschauert unter ihr. Und manche Stunden weint man wieder. Ich weine dann oft, wo ich eben noch lachte. Plötzlich steigt in mir aber die Qual hoch, ich schluchze auf und bezwinge mich wieder. Das Leben ist hier so fürchterlich schaal. Und ich bin so einsam und allein, da sich auch Fischer wieder von mir zurückgezogen hat. So geht es mir oft, daß sich Menschen, die ich sehr liebe, die sich auch durch meine Gespräche und Gedanken angezogen fühlten, bald wieder von mir wenden, abgestoßen durch irgend eine Schlechtigkeit von mir. Ein tiefes Gefühl für alle Schönheit haben und dabei doch schlecht sein, erdrückt durch die ewige uner-

füllte Sehnsucht, daß sich endlich einmal alle Schönheit in mir und um mich vereinigte, und auch durch das Gefühl vollständigster Unzulänglichkeit meines Charakters, welch ein Los der Verzweiflung.

Ich lebe immer wieder nur noch des Ruhms und der Unsterblichkeit wegen. Wüßte ich, daß ich durch meinen frühen Tod den Ruhm gewinnen würde, ich führe noch heut nach Arendsee, um Stenzi nocheinmal zu sehen und dann den Totenkranz und die Stirne am Abend auf das Meer zu fahren und mit der sinkenden Sonne auch zu scheiden von aller Schönheit.

Doch weiß man ja nicht, ob ich nicht ganz vergessen würde. Das wünsche ich nicht, das wäre mir das Furchtbarste.

Mich dünkt oft, daß mein Leben ein Opfer ist für einen unbekannten Gott.


25. VIII. 1906. Alle Tage ist das Leid dasselbe. Daß ich manche Male noch in plötzlichem Lustrausch mich zu betäuben suche, mag für des Lebens Erhaltung gut sein. (...) Mir gelingen jetzt ganz schöne Gedichte. Eigentlich wunderbar. Wo ich seelisch wieder einmal vollständig runter bin, schaffe ich Lieder, die viel Freude atmen. Als wünschte ich, auch einmal so froh zu sein. Und ich habe auch jetzt einen wunderschönen Schmuck in meinem Zimmer, einen Totenkopf nämlich, den ich von dem alten Kirchhof an der schönen Klosterkirche, wo man jetzt baut, geholt habe. Er ist sicher schon uralt. Ob er noch von Waldemars Zeit her ist; denn dabei war ein Stein mit der Jahrzahl 1319. Ich bekränze ihn mit Weinlaub und hab ihn sehr lieb.


26.8.1906 Der Gedanke nur kurz, der mir heut kam. Früher machte ich meine Gedichte aus unklaren inneren Stimmungen, die sich mir zu den Gedichten verklärten. Sie waren alle längere Zeit in mir, ich fühlte sie in mir, ehe ich sie gestalten konnte. Mir fällt heut auf, daß ich 2 Gedichte, die ich heut machte, auch das gestrige, nur aus einem plötzlichen, zufälligen Erscheinen ihres Gegenstands, ihres Inhalts vor meinen Augen geschaffen habe. Gestern sah ich einen voll mit Früchten beladenen Zweig, heute hörte ich plötzlich den

Regen auf den Bäumen, dann sah ich den Weinstock aus der Erde dringen. Es entstanden wie von selbst mir davon 3 Gedichte. Früher war es aber schöner, wenn ich mit mir ringen mußte. Fast ist es so, als sollte ich noch verschenken, was ich irgend besitze, damit mein Tod mich nicht unvorbereitet trifft. Ich glaube, ich sterbe bald.

14.9.06. Ich lese jetzt Novalis' Ofterdingen. Der kranke Hardenberg schreibt dieses herrliche Buch des Evangeliums der Dichterkraft. Ich möcht in nächster Zeit einmal von ihm eine Lebensbeschreibung lesen, ebenso von Arnim, Brentano, die mir wohl nächst Hölderlin Vorbilder sein werden. Jetzt geht das Jahr zu Ende. Es heißt nun, hast du etwas geerntet? An Bildung wohl, der Überblick ist größer geworden, noch erübrigt das Vertiefen. Eigentlich eingelesen habe ich mich erst in Hölderlin, ob gleich noch Hyperion, Empedokles und die Briefe ausstehen. Aber mit seinem Leben und seinem Geist bin ich innig vertraut. Immermehr festigt sich auch in mir der Glaube an Helios, an das Licht, die Sonne, das ganze heilige Weltall. Oft breite ich nachts den Sternen oder Mittags und des stillen Abends der Sonne meine Arme entgegen und freue mich. So werden wir reifen, blühen, uns verschenken und lächelnd scheiden, dies ist unser Glaube. (...)

Berlin den 2 X 06 Ich kann 3mal Egoist sein, ich muß es sein, weil sonst kaum ein Durchkommen ist. Ich bin auch sicherlich dazu berechtigt, denn die Welt in mir ist 100mal mehr wert, als alle anderen. Sie schaffen ja doch nichts. Aber ich muß schaffen und muß durch.

Ruppin 16. X 1906 Ich bin mit meinen Schmerzen aus dem Nest in den Wald gelaufen und hoffte bei meinen Freunden Trost zu finden. Ich warf mich gegen einen Baum und weinte. Aber hinterher schien es mir, als wenn ich mir alles nur vorlüge, daß ich schon ganz überhaupt den Schmerz selbst verloren habe. Doch dann las ich wieder im Hölderlin und staunte ob der Pracht des Sonnenunterganges und betete wieder zu Helios um Schönheit. Ich will ja gern frühe sterben, aber ich will doch einmal nur den Glücksbecher leeren. (...)

18.10. 1906 Also aus allen diesen Gründen will ich nun mich systhematisch mit dem Selbstmordgedanken vertraut machen, damit ich, kommt es soweit, gerüstet bin, wünschelos hinabzugeben. Was kann mir das Leben noch alles bieten, sicher den Ruhm, vielleicht auch die Schönheit und die Liebe. Ist es aber nicht größer, auf alles dies zu verzichten? Und dennoch lieb ich das Leben so. Wie schön wäre es, als Student alle Poesie des Burschentums auszukosten.

O wie gern würde ich auch einmal das schöne Italien sehen oder gar am Fuß des Parthenon stehen, oder in Sevilla sein. Ich gehöre nach dem Süden, der Norden ist so farben- und lebens- und erinnerungsarm. Hier in diesen öden Ebenen können keine großen und schönen Menschen leben. Hier ist alles klein und zäh und langlebig. Und die Großen werden hier verlacht. Der Prophet gilt ja auch nichts in seinem Vaterlande, besonders aber nicht in diesem Krämer- und Bauernland. Allein schön sind hier die hohen Bäume und die prachtvollen Sonnenuntergänge. Heute wird wieder Heliosfest gefeiert, ich ganz allein mit ihm.

Ich wollte noch etwas mir wichtiges schreiben, aber je mehr ich sinne, um so tiefer kriecht es in's Gehirn zurück. Also, wie gesagt, ich will mich inniger mit dem Selbstmordgedanken vertraut machen.

Darf ich meinen Eltern das antun? Ich weiß, sie werden sehr leiden. Aber warum halfen sie mir nicht, warum nahmen sie mich nicht aus dieser Hölle fort, da ich doch sie oft gebeten habe. Darf ich es dem Leben antun, das heißt, meinen Mitmenschen, da ich sicher einmal in die Höhe kommen würde und groß würde? Ja, denn das Leben ist mir bis auf den Tod feindlich, so auch die meisten Mitmenschen. Und dann, den Ruhm, das höchste, erreiche ich vielleicht durch meinen Tod.

Jedenfalls soll der Tod ein wundervolles Fest werden, meinen Totenkranz in den Haaren möchte ich auf das abendliche Meer fahren. Es müßte dann gerade ein schöner Herbsttag sein.


31.10. 1906 19 Jahre. Man möchte beinah ausrufen: 19 Jahre und noch nichts für die Unsterblichkeit getan, oder besser und noch nicht unsterblich. In mir wechseln Begeisterung und Widerwillen, Glauben an mich und Verzweiflung an mir. Und doch, wenn es mir jetzt schon gelänge mit dem Arnold da Breszia unsterblich zu werden. 1 Jahr seit Beginn des Werks, Plan ziemlich vollendet, aber es scheint mir noch soviel an Binde- und Zwischenszenen zu fehlen, die dem Breszia das Relief geben.

Ich habe auch einen neuen Heiligen neben Hölderlin, den herrlichen Grabbe.

»Adler im Haupt, die Füße im Kote«

16. 11. 1906 In der Natur ist jetzt etwas entsetzlich Trauriges. Jetzt tritt es vorzüglich hervor, aber auch in den schönen Herbsttagen oder in den warmen Maiabenden lebt es. Ich saß oben auf dem Weinberg, wieder einmal allein mit der Natur. Ich sah die Wolken über den grauen See ziehen, mein Haupt lehnte an dem hohen Baum und ich hörte jene Melodie aus ihm, die sich durch die ganze Gegend hinzuziehen scheint. Immer den gleichen lauten und doch traurigen Ton. Ein Schwärm von Vögeln flog ruhelos um des Baumes Krone und entschwand dann mit den Wolken. Und dann, als ich in das Nest heimgekehrt war, sah ich's wieder auf dem dunkelnden Kirchplatz. Alle die Häuser, die ihn umringen, schienen mich aus ihren schlichten Fenstern anzusehen. Mir war's so, plötzlich merkte ich's. Ich meine auch, daß jede bestimmte Gegend eine Art Seele hat. Aber alle sind traurig.

Wir sind von einer Kette von Rätseln umgeben, es ist, als wenn die ältesten Griechen mit ihrer erbarmungslosen Göttervorstellung Recht gehabt haben. »Ihr wandelt droben im Licht auf sanftem Boden.« O und nichts kann uns über unser geheimnisvolles fürchterliches Los hinwegtäuschen, als die Liebe, die ewige erlösende allbezwingende Liebe.

Das ist mein Glaube, über uns waltet jene Macht, die uns zu jeder Stunde zerstören kann, aber wir können sie vergessen, sie lächelt auch wohl, wenn wir Arm in Arm mit der Geliebten sind. Das größte Gedicht, das je entstand ist das herrliche:

Und hätte der Liebe nicht,
So wäre ich tönend Erz und eine klingende Schelle.

Und danach: ἔρως ἀνιχατε μαχαν

Ich suche jetzt mit Gewalt schön zu werden, es ist eigentlich rührend, wie ich mich abmühe, die Liebe zu finden. Vielleicht gelingt's, hoffen tue ich ja nicht mehr.

13.1.1907 Meine Gedanken gehen immer im Kreise. Ich will nicht an mein Unglück denken, plötzlich bin ich wieder unwillkürlich da. Ich bin hier wohl der allerunglücklichste Mensch.

Man ist glücklich gewesen, das Schicksal zertrümmert das Glück, man wird unglücklich: gut, man war's und hat die Erinnerung.

Man ist unglücklich, das Schicksal zeigt einem das Glück in verlockender Nähe, man fühlt sich schon halb in seinem Besitz, man will endlich einmal aufatmen, da man stürzt und ist unglücklicher wie zuvor. Das Allerfurchtbarste ist: Ein Herz haben, glücklich und froh zu sein, wie kaum jemand, und dann so im Unglück zu sein, das verlockendste Glück aber immer in naher Zukunft vor einem, das man aber nie erreichen kann.

Ein Mann sitzt schon das zehnte Jahr im Zuchthaus, die Stunde seiner Befreiung kommt näher, endlich ist sie da: morgen soll er hinaus. Ermißt man, was das heißt? Der Gefangenenwärter, der ihm, meint er, den Kerker aufschließen soll, tritt zu dem vor Freude Bebenden und sagt ihm: »Das Gericht hat noch auf eine Zusatzstrafe von einem halben Jahr erkannt, legen sie nur ihre Sträflingskleidung wieder an.« Da wird der 10 Jahre Gemarterte zusammenbrechen, dieses halbe Jahr wird er nicht mehr ertragen. Seine Gedanken waren schon so froh, daß ihm dieser Sturz schwerer ist, als die ganzen 10 Jahre. Er wird's nicht ertragen, ist er jähzornig, erschlägt er den verruchten Wärter, ist er's nicht, tötet er sich allein.

Mir geht's so. Vielleicht trägt der letzte Rest meiner Hoffnung auf das nahe ungeheure Glück mich noch die 2 Monate. Aber wehe mir, wenn ich auch dann nicht frei sein sollte.

20.1. 1907 Es nimmt sich dumm aus, wenn ich's schreibe, schadet aber nichts, es ist zu gewaltig, ich lese es eben zum dritten Mal. Wo ist ein Drama in der Weltgeschichte, das einen so mitrisse und mit Wut und Ekel gegen die Dummheit erfüllte, als diese Szene, wo Napoleon zusammenbricht.

11.4. 1907 Mir ist alles gleich. Sie haben mir heimlich meinen schönen Totenkopf genommen und zerschlagen. Diese ekelhafte gemeine und pöbelhafte Dummheit. Sie verstehen es nicht, wozu ich ihn brauche, und da sie wohl wissen, wo ich verwundbar bin, so kränken sie mich da.

Mir war es ein wundervolles Gefühl, aufzupassen, wie langsam der Jähzorn und die Wut in mir hochkrochen, plötzlich schrie ich dann los und kostete alle Wonnen der Wut.

14.4. 1907 Ich sah gestern wunderbare Wolkenbildungen. Im Osten war eine große Wolkenbank, wie ein Hochgebirge mit Felswänden und Schluchten von der untergehenden Sonne beglänzt.

Dies ist das letzte Mal, daß ich hier in meinem ersten Tagebuch Aufzeichnungen mache.

Meine Jugend ist wohl vorbei

quant' é bella giovanezza ...

Jugendzeit und Schulzeit sind vorbei. Die Hochschule beginnt.

Ich habe gesehen, daß ich viel Phantasie und auch Leidenschaft habe.

Ich habe viel mehr traurige, als schöne Tage gesehen.

Und alles kann noch gut werden, wenn ich mich durchkämpfe und Goldelse erringe. Dies ist aber unmöglich.

Denn einmal bin ich sehr sinnlich, und dann ist es ja überhaupt undenkbar.

Ob ich weiter an mir und für mich arbeiten werde, weiß ich im Augenblick auch nicht. Denn in allen diesen Tagen habe ich keine

Stimmung mehr gehabt, nicht mehr dieses eigentümliche Zwangs-gefühl: du mußt jetzt etwas schreiben.

Demnach sind die Ausspizien nicht günstig.

Nur werde ich nie die Liebe zu der ewigen Schönheit verlieren.

# Zweites Tagebuch

Würzburg 30. Mai, 1907 Auch ich kann sagen: Gab' es nur Krieg, gesund wär' ich. Ein Tag ist wie der andere. Keine großen Freuden, keine großen Schmerzen.

Kleine Liebeleien ab und zu. Es ist alles so langweilig. Dabei habe ich wenigstens noch Humor, wenigstens im Verkehr mit anderen. Wenn ich allein bin, ist er aber fortgeblasen. Ich gebe mich leider keinen Illusionen mehr hin.

Das Corpsleben ist furchtbar, geisttötend, stumpfsinnig, lächerlich.

Wo ich doch niemals ein stumpfsinniger Jurist werden will, warum schinde ich mich noch?

Aber ganz verborgen immer diese Hoffnung auf ein unerhörtes Glück. D. h. Allmählich wird's langweilig.

> April und Mai und Junius sind ferne
> Ich bin nichts mehr
> Ich lebe nicht mehr gerne.

Ich habe eben wieder mein Tagebuch durchlesen. Alle Tage fast das gleiche. Nur ab und zu mal eine kurze Freude, sonst alles grau in grau.

6. Juni 07 Das Beste ist, nie geboren werden, und danach, jung sterben. (...) Die Götter sind zu lange schon tot. Ich allein bin nicht im stande, sie wieder zu erwecken.

19. 7. 1907 Doch jenen ist der Fehl, daß sie nicht wissen, wohin, in die unerfahrene Seele gegeben. Wenn ich auch aus anderem Holz wie Hölderlin bin, wenn mir auch das Reine fehlt, darin gleiche ich ihm, daß auch ich nicht weiß, wohin ich mich betten soll.

4. IX. 1907 C. Davidsohn sagte mir: »was du da schreibst, ist gut. Nur weiß ich nicht, wie du dazu kommst. Du bist so bullig, daß man es dir nicht recht glaubt.« Wahr. Ich glaube, das ist das Urteil aller. Man verlangt heut von einem Dichter, daß er der Welt keine Rätsel zu lösen gibt. Man muß nicht nur in seiner Dichtung, sondern auch sonst den Poeten zeigen können. Daß ich viel gelitten habe, glaubt außer Ernst, der ja meist Zeuge war, wohl eben niemand.

22.10.1907 Ich kann es nicht lernen, mich mit Anstand zu langweilen.

Die Liebesszene, die ich notgedrungen machen mußte, ist fertig. »Das wird ein schöner Blödsinn werden«, sagte ich mir, als ich sie begann. Sehr pathetisch ist sie ja immer noch, aber immerhin erträglicher, als ich geglaubt habe. Szenen ohne Handlung kann ich nicht gut machen. ´

20.12.1907 Welch eine Beobachtung: Große Künstler schaffen die Dichtung, die sie nicht zu erleben vermögen. Beleg Grabbe. (...)

8.1.08 Liebespaar auf einem Friedhof! Goldbraun ist Zweifels ohne die schönste Farbe. Lebenslust von heiterer Melancholie eingefaßt.

Die Farbe des Tigersteins

3.II.1908 Wir machten eine Schlittenfahrt. In der Dämmerung zog eine große Wolke, gestaltet wie ein breitnackiges zu Boden schauendes Stierhaupt, dicht unter einem einsamen hellen Stern langsam dahin. Ich dachte auch daran, wie schön diese Fahrt wäre in Gesellschaft eines lieben Mädchens. In einem zweiten Schlitten vielleicht Ernst Balcke oder Werner Glimm mit ihren Mädchen. So durch den Winterabend zu fahren.

5.II.1908 Die Liebe ist allumfassend. Sie kann aus der Seele etwas sehr schönes, etwas ganz häßliches machen. Ein Leben ohne Liebe, ein Brunnen ohne Wasser, eine Sonne ohne Schein, eine Flöte ohne Klang.

Wir gingen am Abend an einem Wald hin und riefen in den dunkelen hinein, das Echo rief zurück, so natürlich, daß ich meinte, ein Heer von Dämonen lauerte hinter den dunkelen Stämmen.

15.3.1908 Wohl, ich kenne mein Geschick. Irrsinnig zu werden wie Hölderlin. Doch anders, nach einem Leben ohne Liebe. Als sicheres Ende dieser Tage des Leids. Denn ich wüßte, mich heilte die Liebe wohl. Sicher ging ich hinaus.

Und wie lächerlich, wenn das nicht eintrifft. Wenn ich Amtsrichter oder dergleichen würde und mit 60 Jahren vielleicht endlich stürbe.

28.3.1908 Ich las den Anfang von Kaiser Karls Geisel und schnell als Medizin des hart verletzten Kunstgefühls den: Abenteurer und die Sängerin.

17.4.1908 Hundert Jahre später möchte ich geboren sein. Dann werden wir den Weltenraum innehaben und mehr denn die Götter sein.

6.V 1908 Seid verflucht, αλαδοι

Einen Tag möchte ich erleben, oder besser, ihrer eine Reihe, wo ich nicht immer hin und her geworfen würde, wie ein Spielball einer unbekannten Macht. Einmal Frieden, aber immer Sturm und gräßliche Leidenschaft.

21.V.1908 Ich will mich jetzt entschließen, Offizier zu werden. Glaube ich schon, daß ich der ungeeignetste bin, der sich denken läßt. Sei's denn.

Nur eine Furcht,: daß dieses neue äußere Leben mich g a n z er-
greifen kann.

Ja, fände ich ein Mädchen, daß mit mir in den Tod ginge, ich be-
dächte mich nicht mehr. Ein Sonnenuntergang beschlösse zweier
Menschen Tage. Ich kann nicht allein sterben. Will's auch nicht. Es
wäre zu alltäglich und nichts wert.

5.6.1908 Wir sahen auf dem Friedhof, wo wir vor dem Gewitter
Schutz suchten, aufgebahrt in der Halle einen Toten. Der erste, den
ich je sah. Und ich ertrug seinen Anblick nicht. (...)

13.8.1908 Ich verbringe meine Tage ganz allein. Meine Freunde
sind fort. Und Einsamkeit ist mir so fürchterlich. Dazu die bittere
Liebe, die wahrhaftig mich nicht glücklich macht.

Jeden Tag denke ich an den Tod, und daß ich Ihr erscheinen
möchte, wenn den Toten solches verstattet ist. Wenn Sie mich liebt,
wird Sie mich nicht verstoßen. Den Brief an Sie, der Ihr den Tod
melden soll, habe ich schon im Geiste geschrieben: Er wird schließen

brevi enim moriar.

Aber ich will Sie noch wiedersehen.

20.9.1908 Phantasie zu haben, ist leicht. Wie schwer aber, ihre Bilder zu gestalten.

Ist es recht, Hedi zu lieben? Und den Gedanken der Heirat zu be-
denken, wo ich arm bin?

27.9.1908 500 vor Christus zu Athen geboren sein und 400 gestor-
ben. Welches Leben.

13.12.1908 Ein nebliger Wintertag. Ich ging durch unbebaute Straßen, Feld, kahle Bäume. Alles seltsam groß und fern.

Ich dachte an Hedi. Wie es werden soll. Ob ich meine Verbindung mit ihr löse. Denn ich weiß ja nicht, ob ich sie heiraten kann.

Ich dachte daran, wie ich vor Jahren manchmal glücklich war. Ich dachte an das Wort: »Mit einer Stimme, die taumelte, und sich überschlug vor Glück.« Wie ich einmal vor Glück nicht schlafen konnte.

Und nun ist ein Tag ärmer, denn der andere.

Ich dachte, daß ich keinen Freund, keine Bücher habe. Kein Geld für alles, was ich für meinen Geist brauche.

Ich dachte, daß ich untergehen werde, bald untergehen werde. Daß ich niemand habe, der mir meine Wege weist.

Zuletzt wieder an Hedy, wie es werden soll.

So ging ich immer tiefer in die weiße Wand hinein, bis ich nichts mehr um mich sah, als den Nebel, das dicke graue Leichentuch.

Ich habe in den letzten Wochen oft gedacht, ich würde mit diesem billigen Skeptizismus durchkommen. Aber es geht nicht.

Du gibst dich als Optimisten.


29.1.1909 Georg Büchner erhalten und einen neuen Gott zu Grabbe auf den Altar gestellt.

Immanuel Jeibel, poeta. Dir müßte man noch den Schädel zertreten. (...)


19.6.1909 Ich habe Fragmente fast lieber als Dramen. Einmal aus eigenem Fehler. Dann aber auch, weil ich sie mehr als das erste Zeichen des Genius ehre.


6.7.1909 Man kann einen Dichter manchmal aus einem einzigen Gedicht mehr lieben lernen, als aus einem ganzen Werk. Man weiß nichts mehr von ihm, als dieses eine Gedicht. Aber, weil man nichts

mehr kennt, verliest man sich ganz in dies eine und entdeckt so
Schönheiten, die das Lesen eines Werkes nie hätte emporgeschürft.
Man rezitiert es sich oft, man weiß es bald auswendig, es gehört
bald ganz zu einem, man kann es nie mehr vergessen.

20.7.09. Ich liebe alle, die in sich ein zerrissenes Herz haben, ich
liebe Kleist, Grabbe, Hölderlin, Büchner, ich liebe Rimbaud und
Marlowe. Ich liebe alle, die nicht von der großen Menge angebetet
werden. Ich liebe alle, die oft so an sich verzweifeln, wie ich fast
täglich an mir verzweifle.

Ich weiß nicht, was in mir für eine Krankheit sitzt. Wo ist das
Heilmittel, das alle Krankheiten heilt. Wo ist das Wunderkraut. Ich
würde mich heilen, wenn ich mich erst erkannt hätte. Das Furchtbarste ist die Unlust, die Verzweiflung, ehe man noch begonnen hat.

Ein Heilmittel wüßte ich wohl, aber das Kraut kann ich nicht
pflücken. Das wäre der Ruhm, das wäre der Beifall einer tausend-
köpfigen Menge, das wäre weiter eine Verschwörung, eine große
Revolution, ein hellenischer Krieg, irgendetwas, eine Durchquerung
Afrikas, irgendetwas nicht alltägliches, Ja, ich werde von alledem
nichts sehen.

3.9.09 Auf der öden Wasserscheide zwischen der Krankheit und
der erhofften Genesung.

Ich komme von dem Leben Byrons und bin gezwungen in das
staubige Mauseloch des »öffentlichen Glaubens des Grundbuchs«
zu kriechen. Wer versteht diesen Wechsel, ohne sich dabei zu scha-
den.

16.9.1909 Byron, Kleist, (ich war wieder einmal vorgestern an seinem Grab) Grabbe, daneben Marlowe u. Büchner, Renner, wer will
mir nun noch etwas anhaben in dieser olympischen Gesellschaft. In
einem sicher bin ich ihnen verwandt, in der Kraft der Leidenschaft.

29.9.09 Wäre es nun nicht völlig gleich gewesen, ob ich überhaupt
nicht gelebt hätte, oder ob ich dies inhaltlose Dasein mit mir her-
umgeschleppt hätte.

Ich weiß auch gewiß nicht, warum ich noch lebe; ich meine, keine Zeit war bis auf den Tag so inhaltslos wie diese.

Würden wir doch mehr bedrückt, dann würden wir auch eher die Last abwerfen.

Hätten wir doch einen Metternich an der Spitze,

Ich lebe noch, gewiß nicht aus Schwäche, – ich habe meine Schwäche eliminiert durch Gewöhnung und Selbstzucht, durch Mensuren und Händel –

weiter auch gewiß nicht aus Gier nach Leben,

ich lebe noch aus einem dunklen Wunsche heraus, daß es vielleicht einmal besser wird, vielleicht, aber wie lange muß ich noch warten? (...)

8.X. 1909 Wäre ich nach Heidelberg gegangen, ich wäre ein vernünftiger Mensch geworden, ich hätte wahrscheinlich keine Gedichte mehr gemacht, jedenfalls keine Traurigen, ich wäre auch vielleicht ein guter Staatsbürger und brauchbarer Mensch geworden. Jetzt muß ich durch irgendwelche außergewöhnliche Ziele das alles ersetzen.

Ich machte eben das Gedicht: »Herbstnachmittag bei Klein Machnow.« und beginne nun: das Beschwerdeverfahren im allgemeinen.

27.12. 1909 Leonardo – Mereschkowskiy – Dove – Ognibene – Caracosa

Es ist also nicht möglich, glücklich zu sein. Es ist, um einen dummen Vergleich zu gebrauchen, mit den Sekunden des Glücks so, wie mit den Fettaugen auf einer schalen Brühe. Es ist also nicht möglich, glücklich zu sein. Und vielleicht waren die Menschen nie glücklich. Vielleicht war nie ein Mensch glücklich. Nichts steht dem Menschen mehr an, als Leid und Weinen. Und dazwischen die Langeweile, Langeweile. Sie kann auch keine Arbeit wegtilgen. Wer will behaupten, daß Alzibiades glücklich war.

Zudem bin ich wieder verliebt. Leider Gottes. Trotzdem die Sache auch hier genau wieder so sinnlos – zwecklos ist, wie stets bis jetzt.

Leiden, leiden, leiden Leiden allüberall.
Schluß mit Tagebuch Nr. 2. Wo geht der Weg nun hin?

Ende Dezember 1909 Könnte man den Dämon, der sich die Welt aus den Fingern rollen ließ, einfangen, man müßte ihn in Ketten legen und auspeitschen, damit er nicht noch ein anderes Mal im Kosmos ein solches Unheil stifte.

2. Januar 1910. Das Volk ist im allgemeinen noch viel dümmer, als man glaubt. Ich sehe das an den Büchern der Volksbibliothek. Die guten Bücher, die ich lese, tragen in 3 Jahren kaum ebensoviele Stempel. Ein Buch von Kipling, ein wahrhaft jämmerliches Buch ist von unten bis oben bestempelt.

# Drittes Tagebuch

17. Juni. 1910. Ich eröffne ein drittes Tagebuch unter vielleicht günstigeren Auspizien. Ich beabsichtigte eigentlich, keines mehr zu beginnen – tue es aber doch, grundlos, wie ich das meiste tue.

Im allgemeinen Sinne bin ich jetzt glücklicher, ruhiger, wie in den früheren Jahren. Ich lebe mich auf den robusten Stil ein, der mich wie eine Festung umschanzt. – Teils bin ich es ja auch –. (...)

Mein Unglück ruht vielmehr zur Zeit in der ganzen Ereignißlosigkeit des Lebens. Warum tut man nicht einmal etwas ungewöhnliches, auch nur, daß jemand dem Ballonhändler die Schnur durchschnitte. Ich würde ihn gern schimpfen sehen. Warum ermordet man nicht den Kaiser oder den Zaren? Man läßt sie ruhig weiter schädlich sein.

Warum macht man keine Revolution? Der Hunger nach einer Tat ist der Inhalt der Phase, die ich jetzt durchwandere.


26. 6.1910 Ohne Zweifel ist die Idee eines morallosen Schicksals tiefer als die eines moralischen – moralisch zu sein gezwungenen – Gottes.

Welch eine Wendung durch Gottes Fügung? Warum, wieso durch Gottes Fügung? Hatte Napoleon nicht dasselbe Anrecht auf diese Fügung.

Ich führe den Beweis, daß kein Gott existiert, wenigstens kein guter Gott. Einer Witwe sterben alle Kinder nach und nach fort. Sie bittet jede Nacht, ihr das letzte zu erhalten. Es stirbt. Warum? Was ist hier die moralische Idee? Man wendet das jämmerliche Wort ein: Gottes Gedanken sind höher als die Gedanken der Menschen. Was hätte jeder höhere Gedanke hier für einen Sinn, wenn er nicht einmal diese einfache schlichte Forderung erfüllt.

Wäre ein guter Gott, sein Herz hätte ihm zittern müssen bei soviel Leid; er hätte nicht nur den Sohn im Leben behalten, er hätte alle toten Söhne aus den Knochenhäusern kommen heißen. Der gute Gott sitzt oben hinter den Wolken und rührt sich nicht. Da ist alles Stein, taub hohl und leer.

Viel eher ist die Idee eines bösen Gottes oder eines bösen Schicksals möglich. Denn, alles was geschieht, ist und wird böse. Das Glück ragt kaum aus dem Staube hervor, nicht mehr wie ein Goldstäubchen in einer Sandwüste. Warum hält sich die Macht immer versteckt, warum zeigt Er sich nie, he? Weil er liebelos ist, kalt und stumm wie die Wolkenbilder, die ewig die der Erde abgewandten Köpfe vor sich her tragen, als wüßten sie um ein schreckliches Geheimniß und müßten es durch alle Zeiten mit sich tragen zu einem dunklen unbekannten und weiten Ziel.

29.6.1910 Man sollte nichts tun, als immer den Wolken zuzuschauen, den weiten geheimnisvollen Wolken. Dem Schönsten, das die unendliche Traurigkeit

4.7.10. Was ich vor Nietzsche, Kleist, Grabbe, Hölderlin... voraus habe? Daß ich viel, viel vitaler bin. Im guten und im schlechten Sinn.

6.7. 1910 Ach, es ist furchtbar. Schlimmer kann es auch 1820 nicht gewesen sein. Es ist immer das gleiche, so langweilig, langweilig, langweilig. Es geschieht nichts, nichts, nichts. Wenn doch einmal etwas geschehen wollte, was nicht diesen faden Geschmack von Alltäglichkeit hinterläßt. Wenn ich mich frage, warum ich bis jetzt gelebt habe. Ich wüßte keine Antwort. Nichts wie Quälerei, Leid und Misere aller Art. Sie meinen, Herr Wolfssohn, Ihnen wäre noch nie jemand so ungebrochen vorgekommen, wie ich. Ach nein, lieber Herr, ich bin von dem grauen Elend zerfressen, als wäre ich ein Tropfstein, in den die Bienen ihre Nester bauen. Ich bin zerblasen wie ein taubes Ei, ich bin wie alter Lumpen, den die Maden und die Motten fressen. Was Sie sehen, ist nur die Maske, die ich mit soviel Geschick trage. Ich bin schlecht aus Unlust, feige aus Mangel an Gefahr. Könnte ich nur einmal den Strick abschneiden, der an meinen Füßen hängt.

Geschähe doch einmal etwas. Würden einmal wieder Barrikaden gebaut. Ich wäre der erste, der sich darauf stellte, ich wollte noch mit der Kugel im Herzen den Rausch der Begeisterung spüren.

Oder sei es auch nur, daß man einen Krieg begänne, er kann ungerecht sein. Dieser Frieden ist so faul ölig und schmierig wie eine Leimpolitur auf alten Möbeln.

Was haben wir auch für eine jammervolle Regierung, einen Kaiser, der sich in jedem Zirkus als Harlekin sehen lassen könnte. Staatsmänner, die besser als Spucknapfhalter ihren Zweck erfüllten, denn als Männer, die das Vertrauen des Volkes tragen sollen.

7.7.1910 Ich las gestern in dem Neo-Pathetischen Cabaret einige Gedichte vor, die sehr beklatscht wurden. Aber wenn das der Ruhm ist. – Ich weiß, plötzlich schien es mir als sähen mich aus dem Dunkel des Saals lauter Tiere an und die Ochsen saßen ganz vorn und blökten mich an. Ich dachte, sie sind zu gut für Euch, viel zu gut. Wenigstens ging es ohne Sprachfehler ab, wovor ich die größte Sorge hatte.

8.7.1910 Der Preßbravo des Berliner Tageblatts reißt mich runter. Ael, Du armselige Kellerassel der Litteratur. Ich konnte vor Wut fast nicht schlafen. Der Lokal Anzeiger sagt wenigstens: Wesentlich mehr Begabung verrieten die Gedichte von Georg Heym. Das war das Heftpflaster. Am meisten ärgert es mich, daß der Preßhengst des Berliner Tageblatts, dieser armselige Botokude, der aus seinen Zeitungshöhlen herausgekrochen ist, um sein blödes Gesicht in alle 4 Winde zu hängen, damit sie es abschleifen, daß dieser Hohlkopf mich einen Schüler Georges nennt, wer mich kennt, weiß was ich von diesem tölpelhaften Hierophanten, verstiegenen Erfinder der kleinen Schrift und Lorbeerträger ipso iure halte.

21.Juli 1910. Ich glaube, daß meine Größe darin liegt, daß ich erkannt habe, es gibt wenig Nacheinander. Das meiste liegt in einer Ebene. Es ist alles ein Nebeneinander.

1.August. 1910. Die verfluchten Fürsten, diese Giftgeschwüre am Leibe eines Volkes. Welch ein trauriges Schicksal hatte die Prinzessin Hilde von Baiern.

Daß geniale Veranlagung irgendwo und irgendwie mit Krankheit concurriert, beweist mir meine Familie. Ich selbst, der ich an Krampfadern, Sprachfehlern und, wer weiß was noch an nervösen Hemmungen kranke. Meine Schwester, die Epileptikerin ist, mein Vater, der an einer Art religiösem Wahnsinn und Versündigungswahn leidet.

Schließlich ist Genie wohl doch eine Art Degeneration. Denn warum sterben die Genialen Stämme sofort ab, nachdem sie ein Genie gezeugt haben.

17. 8.1910 (...)Wahrhaftig, gäbe es einen Gott, man müßte ihn an seinem Schlafrock auf das Schaffott zerren für seine endlose Grausamkeit.

1.9. 1910 (...)Verstehen werden mich einmal ganz: Guttmann. Wolfsohn. Hoddis.

Nicht: Schulz.

Nicht: Ernst, denn wir kennen uns schon zu lange

amavisti. – mori potes.

Ich möchte einmal ein Jahr lang von Liebe und Ruhm so berauscht sein, daß ich mich dann irgendwo verkriechen könnte.

4.9.1910 Es wird leichter sein, mit einem Maler o. Musiker Freundschaft zu halten, wie mit einem Dichter.

Übrigens ist vielleicht der Haß zwischen zwei Menschen ein noch stärkeres Band als die Freundschaft.

20. 9.1910 (...)Wolken: eine ungeheure schwarze Fläche, wie ein riesiges schwarzes Land bedeckt den südlichen Himmel. Rechts, gen Westen, reiht sich daran ein breites, über den ganzen Himmel gespanntes Band, breit, tiefrot. Wie die Trauben an der Stirn eines bekränzten Gottes, so hängt eine Anzahl von roten langen Fetzen daraus herab.

Ganz oben in der Mitte ist wie ein ungeheurer Spiralnebel eine rote feine Wolke, die in dem tiefen Blau langsam zerfließt. Als ich diese sah, verlor ich vor Taumel fast den Boden unter den Füßen. (...)


25.9.1910 Ich habe jetzt für Farben einen geradezu wahnsinnigen Sinn. Ich sehe ein Beet mit einer Menge roter Stauden und darüber einen tiefblauen kühlen Herbsthimmel und fühle mich maaslos entzückt.


26.9.1910 Mit welcher Frechheit der verlauste preußische Staat mir eine juristische Arbeit gegeben hat, ist nicht zu sagen.


20.X.1910 Als ich nichts mehr auf der Erde hatte, habe ich den Himmel entdeckt.

> Der Abend hält die ungeheure Schale
> draus goldner Rauch den weiten Himmel füllt

> Der Abend lehnt am roten Marmorsaale


22.10.1910 Ich muß es noch mal betonen: Ich habe etwa 7–8 Gedichte liegen, aber der elende preußische Dreckstaat läßt mich zu nichts kommen.


30.X.1910 Paradox – Intellect ist Dummheit.

Auf meinem Grabstein soll einmal nichts anderes stehen als

KEITAI

Keine Namen, nichts. χεῖται Er schläft, er ruhet aus.


2.11.1910 Ja, wenn man sich mit den Frauen über Dinge der Anschauung unterhalten könnte, über die wahnsinnige Freude eines

Baumes, über eine Wolke, über die Zeichen des Unorganischen (ein albernes Wort), über die Farben, das Gold einer einsamen Wieseneiche gegen einen tiefblauen Himmel. Das verschiedene Braun-Grün einer Herbstlandschaft u.s.w., ja dann würde diese Gesellschaft mir schon zuhören. Aber sie sind alle so dumme Rhinocerosse. (...)

3.11.1910 Was das Deutsche litterarische Puplicum nur an dem Weimarer Höfling und Kunstbonzen im Nebenberuf hat, an diesem aufgeblasenen Idioten und feisten Wasserkopf.

Ich habe eben mir mein Gedicht vorgelesen in einer goldwolkigen Landschaft, in der selbst die Bäume wie aus einem grün patinierten edlen Metall schienen. Jetzt trete ich vom Fenster zurück, Palmyra kriecht in einen Winkel, und ich schlage auf: das Buch des elenden Scheißnotars und Arsch (...) N.N. in F... S 8: Der Kaufmann Karl Schulze lebte von seiner Frau getrennt ... u.s.w.


5.11.1910 (...) Ich mache mir viel Spaß durch meine Selbstbeobachtung. Ich, der Wahnsinnige, beobachte mit Vergnügen und Genugtuung die Symptome des Anfalles.

Ein göttliches Schauspiel: Mir gegenüber in der kahlen Novemberwiese steht ein Idiot von vielleicht 30 Jahren. Er hat einen langen, schwarzen Mantel an, u. einen großen Schlapphut auf. Plötzlich macht er einige große Sprünge. Er bleibt stehen, sieht sich um, und zieht ein Schlüsselbund vor, das er rasch durch seine Finger gleiten läßt. Ein paar kleine Mädchen haben sich um ihn herumgeschaart und suchen sich unter vielem Gelächter gegenseitig an den Narren heranzustoßen. Er hat offenbar Angst. Denn er macht wieder einige große Sprünge, wobei er den Kopf ständig gesenkt hält. Dann bleibt er wieder stehen, sieht sich nach den Kindern um und fängt an zu lächeln. Das Lachen eines Irren.

Oben am Fenster stehe ich. Poet, Wahnsinniger und Kinder, wir geben ein schönes Trifolium ab.

Baudelaire. Verlaine. Rimbaud. Keats. Shelley. Ich glaube wirklich, daß ich von den Deutschen allein mich in den Schatten dieser Götter wagen darf, ohne vor Blässe und Schwachheit zu ersticken.

10.11.1910 Ich bin stark, weil ich das Gegenteil der Characterei-genschaften, die ich habe, in Erscheinung treten lasse.

Nur die Weiber kann ich nicht bluffen. (...)

Gestern Abend vorgelesen. Publicum radaulustig. Armin Was-sermann las meine Vorstadt. Spontaner Beifall. Ruhe und Interesse im Publicum.

14.11.1910 Meine Stellung zum Judentum ist folgende: Ich stehe ihm auf Grund des Rasseinstinktes a priori feindlich gegenüber: Dafür kann ich nicht. Ich habe aber soviel nette, einzelne geradezu reizende Exemplare der semitischen Rasse kennen gelernt, (Gutt-mann, Baumgardt, Wolfsohn.) daß ich rein verstandesmäßig mein Urteil einer Kritik unterzogen habe, und daß ich den Semiten, den ich in Zukunft kennen lernen werde, nicht von vornherein, als anti-pathisch ansehen werde.

Freitag, 18.11.10. Meine Produktion entwickelt sich jetzt folgen-dermaßen. Ich setze mich morgens an meinen Arbeitstisch. Ich schlage meine-Scheiß-Arsch-Scheiß-Sau juristische Scheiße auf, es geht dann so eine Weile fort, immer gesenkten Hauptes durch die Scheiße durch, bis ich plötzlich gezwungen werde zu dichten. Mei-ne Fassungskraft für die juristische Scheiße ist eben zuende, mein Gehirn ist schon längst wieder mit dichterischen Bildern überfüllt, und ich setze mich hin und schreibe los. Ich denke immer, daß der Gott vielleicht so gut sein wollte, zu einer anderen Zeit in mich hineinzufahren.

Ja – Herr Fritz Schulze – Das Dichten ist wirklich nicht die prosa-ischste Sache von der Welt, wie ihr Gehirn annimmt – Aber ich will wahrhaftig dankbar sein. Mag die juristische Scheiße links liegen bleiben, mag ich durch das Scheiß-Lause-Sau Examen durchschei-ßen, das ist ja schließlich nicht so wesentlich – Es ist viel wesentli-cher, daß ich mir treu bleibe. Meinen Weg werde ich schon irgend-wie finden.

22.11.1910 Dienstag. Mir erscheint ein Gedicht nur dann noch gut, wenn ich es noch nicht gemacht habe. – meistens wenigstens. Danach interessieren sie mich nicht mehr.

Neulich las ich, daß der Jammermusiker Strauß erklärt hätte, er würde sich einen Winter zurückziehen, um sich allein in die Schönheiten der Elektrapartitur zu versenken. Solch ein Narr. Sich in den Schönheiten seines eigenen Werkes zu bespiegeln, wie ein Affe, während das Leben so kurz ist.

28.11.1910 Sowie ich mein Examen habe, oder nicht habe (Dann muß ich Ferien nehmen) werde ich mich mit Wissen vollpfropfen wie wahnsinnig. Ich will alles wissen, außer den verfluchten Lause-Scheiß-Sau-officiellen Zunftdisciplinen, wie der Narren-Scheiß Juristerei, die ich, so Gott will, in 2 Tagen werde vergessen haben, der Arsch-Theologie (d.h. moderne), Kack-Silben-Grammatik-Philologie – und Médicin denn sie desillusioniert. Ich bedaure nur, daß mein Geist nicht die Mathematik erfassen kann. Das ist eine erbärmliche Schwäche.

29.11.1910 Meine Natur sitzt wie in einer Zwangsjacke. Ich platze schon in allen Gehirnnähten. Müßte mein Drama längst vollendet haben. Und nun muß ich mich vollstopfen wie eine alte Sau auf der Mast mit der Arsch-Scheiß-Lause-Sau Juristerei, es ist zum Kotzen. Ich möchte das Sauzeug lieber anspeien, als es in die Schnauze nehmen. Ich habe solchen Trieb, etwas zu schaffen. Ich habe solche Gesundheit, etwas zu leisten. Ja, es ist zum Scheißen. § § § § § Scheiß. Scheiß. Scheiß.

Wenn ich bloß etwas, etwas Geld hätte, ich hätte schon lange was anderes angefangen.

30.11.1910 Ich beobachte die Wolken, gelbliche, weiße Fische, Fasane, eine Maus auf blauem Grund. Und rechts ein wunderbares Phantom, wie ein riesiger Polyp mit unzähligen, langen, feinen Armen.

Ich habe eben zum vielleicht x mal den Tod des Lionardo da Vinci gelesen und zum x mal geweint.

7. Dez. 10. Mir erscheint die Dichtkunst schon nächstens albern, denn sie ist ein sehr kümmerliches Surrogat für die Tat und für das Leben. Sie bietet mir aber z. Zt. noch den einzigen Ersatz. Denn was soll ich tun, wo ich nicht einen Pfennig Geld habe.

## Verstreute Tagebuchaufzeichnungen

Breviarium eines Winter-tages.

Ich bin bei den Göttern nahe daran, wahnsinnig zu werden. Überhäuft mit einer gräßlichen Arbeit, voll Auswendigpaukens, daß mir der Schädel kracht, von kleinen Misèren jeglicher Art wie in einem Sumpf bedrengt, – die K... will durchaus ihre 10 M. haben, – Quälerei, Elend, die dichterischen Bilder rauchen mir aus den Ohren heraus, statt, daß ich sie zu Papier bringe. – Voll Biocitin vollgestopft. Entsetzliche Träume. Keine eigene Wohnung, Sexualverdrängung. Kurzum der ganze Vorhof des großen Tempels der Hysterie.

20.12.10.

31.12.10 Meiner Mutter Stammbaum.

Vater – Gerichtspräsident unter Fürst Pless. – Nachher Gutsbesitzer von Rinnersdorf.

Großvater – Justizrat in Ratibor.

Urgroßvater – soll aus Ungarn reingewandert sein, u. ein Gut in Oberschlesien gehabt haben. Bezirk Taistr in Ungarn.

Warum stellt man sich ein Genie gewöhnlich klein, u. irgendwie mißgestaltet vor. – Weil man aus Neid das eigene Plus an Körper und das eigene Minus an Geist allerhöchstens umgekehrt bei dem Genie zulassen will. Schönheit und Genie ist für den unterbewußten Neid des Philisters zu viel.

Es ist viel ethischer, mehrere Götter zu haben, als einen. Es ist viel ethischer, die Götter zu personificieren, als eine große Blase Nichts über sich herumschwanken zu sehen. Warum ist der griechische Götterdienst nicht nur ästhetischer (das ist selbstverständlich), sondern auch ethischer? Weil sich die gleichen Leidenden, z.B. die Liebeskranken, bei dem gleichen Gotte einfanden. Sie opferten gemeinsam, ihre Leiden waren ihnen gegenseitig kund, sie kamen sich menschlich näher. Und es ist der erhabenste Beruf der Götter, die Menschen an einander zu schmieden.

Problem Heym – van Hoddis. Hoddis ist der verhaltene, Heym der laute. Zwei Arten der Energie. Da die verhaltene stärker ist, scheint Hoddis der stärkere. (Rein als Person – die Leistungen betrachte ich hier nicht)

Re vera: Hoddis trägt keine Maske, Heym ist maskiert. Ihm beliebt es, als Naturbursche zu erscheinen. Solange er andere braucht, muß er ihnen Gelegenheit geben, sich wenigstens in dieser Hinsicht – Schliff, Intellect – ihm überlegen zu zeigen (da sie mit der Leistung nicht konkurrieren können.) Es genügt vollkommen für seine Pläne, daß sie ihn nicht um alles beneiden zu müssen glauben.

Ergo: ist Heym auch als Phänomen der stärkere.

Das Problem Heym – van Hoddis scheint quatsch zu sein. Denn Hoddis kann ja garnichts. Wie kann man nur so blind sein.

Februar/März 1911 Die Stärke ist, zu wissen, bis wohin, und von wo an nicht mehr, man der gewöhnlichen Umgebung Concessionen machen darf.

9. April 1911. Wenn ich morgens – zumal, wenn ich lange geschlafen habe – meine Haare mit einem Gummikamm kämme, so gibt das nicht nur ein gewöhnliches Knistern. Nein, es gibt ungefähr 10 Minuten lang, so oft ich durchfahre, einen ordentlichen Funkenregen. Das knattert und knistert so laut wie in einer Elektrischen Maschine. Ich habe es eben meiner Mutter wieder vorgemacht, und die war vor Staunen ganz aus dem Häuschen. »Man denkt, es wird

gleich Feuer kommen«, sagte sie. In der Tat, ich bin stark geneigt, das für einen Beweis meines göttlichen Ursprungs zu halten.

28.5.1911 Mein Gehirn rennt immer im Kreise herum wie ein Gefangener, der an die Kerkertür haut. Ich brauche Erschütterungen, Stürme, Qualen. – Na – die Qualen habe ich. –

Juli/August 1911 Mir hat der Satan die Kunst des Malens versagt. Und was würde ich malen. Ich habe 4 Bilder.

eins. Ein leeres, ganz leeres Zimmer. Ganz grau. Ohne Fenster in den 3 sichtbaren Wänden. Ohne Tür. Abend. Und nach hinten sich immer mehr vertiefende Dunkelheit.

Rechts in der Ecke eine Art Schatten von 2 Männern. Sie sehn aus wie Brüder. Sie nehmen dieselbe Haltung. Wenn man näher zusähe, würden sie zerfließen. Sie haben hohe spitze Hüte auf. Sie sind in lange graue Talare gekleidet. Ein Strick bindet ihre Hüften. II. Die Irren an den Fenstern des Lichterfelder Irrenhauses. III. Die Toten im Wolkenberge. Vorn die Pfeifer, oben in dem einsamen höllischen Licht. wie ein Kind oder ein Greis der Teufel.

IV. Die Suarezstraße – der wilde Wolkenberg. Unten ein Mann der über den Bauplatz stapft. Man könnte ihn mit 2 Strichen festhalten. in den Wolken verstreut die Gerippe.

Juli/August 1911 Warum hat mir der Himmel die Gabe der Zeichnung versagt. Imaginationen peinigen mich, wie nie einen Maler vor mir. (...)

# Viertes Tagebuch

## 5.IX 1911

Manchmal aber kann ich nicht mehr.

Und die Tränen
Pest.

Ich bin durch die Wildnis
   gelaufen
durch den herbstlichen Wald.
Bis ich in eine öde Ebene kam
wo niemand war,
   als die Sonne, wie ein blei-
ches Licht.

steht die Qual in mir
auf
wie ein gewaltiges Tier
Das hinaus will aus
mir
Denn es fraß mich
schon leer

Ein Vogel flog über mir. Ich begrub mein Gesicht in den Sand und hörte in meine Tränen, wie der Abendwind über die klingenden Gräser zog.

Ich kann keinen bürgerlichen Beruf haben, denn ich habe den, zu lieben.

15.9.1911. Man könnte vielleicht sagen, daß meine Dichtung der beste Beweis eines metaphysischen Landes ist, das seine schwarzen Halbinseln weit herein in unsere flüchtigen Tage streckt.

Mein Gott – ich ersticke noch mit meinem brachliegenden Enthousiasmus in dieser banalen Zeit. Denn ich bedarf gewaltiger äußerer Emotionen, um glücklich zu sein. Ich sehe mich in meinen wachen Phantasieen, immer als einen Danton, oder einen Mann auf der Barrikade, ohne meine Jacobinermütze kann ich mich eigentlich garnicht denken. Ich hoffte jetzt wenigstens auf einen Krieg. Auch das ist nichts.

Mein Gott, wäre ich in der französischen Revolution geboren, ich hätte wenigstens gewußt, wo ich mit Anstand hätte mein Leben lassen können, bei Hohenlinden oder Jémappes. Alle diese Jentsch, u. Koffka, alle diese Leute können sich in diese Zeit eingewöhnen, sie alle, Hebbelianer, Leute des Innern, können sich schließlich in jeder Zeit zurecht finden, ich aber, der Mann der Dinge, ich, ein zerrissenes Meer, ich immer in Sturm, ich der Spiegel des Außen, ebenso wild und chaotisch wie die Welt, ich leider so geschaffen, daß ich ein ungeheures, begeistertes Publikum brauche um glückselig zu sein, krank genug, um mir nie selbst genug zu sein, ich wäre mit einem Male gesund, ein Gott, erlöst, wenn ich irgendwo eine Sturmglocke hörte, wenn ich die Menschen herumrennen sähe mit angstzerfetzten Gesichtern, wenn das Volk aufgestanden wäre, und eine Straße hell wäre von Pieken, Säbeln, begeisterten Gesichtern, und aufgerissene Hemden.

Wie gut haben es die Contemplativen, die Unlebendigen, Leute eben wie Jentzsch u. Koffka, die genug Leben aus ihrer Seele ziehen können.

Vielleicht irre ich mich hier, ich kann das ja auch, – aber – sie sind dabei glücklich, und ich nicht. (Denkfehler, aufsuchen)

Man vergleiche doch ihre Gesichter, wie friedlich sie aussehen und das meine, auf dem Qual, Laster, Verzweiflung, Enthousiasmus alles mögliche stündlich tausend mal herüberfahren.


27.9.1911 Der Jambus ist eine Lüge. Mindestens eine lateinische Form,»Durchsichtiges, vierkantiges« ist eine Kette am Gedanken. In einer großen Curve bin ich dahin zurück gekehrt, wo ich einst ausging, wie jemand der in den Windungen einer Bergstraße geht, und plötzlich an der selben Stelle des Berges steht, nur eben um einen weiten Abhang höher.

Der gezwungene Reim ist eine Gotteslästerung, ich bin wieder bei meinen allerersten Gedichten, wie.: Das alte Haus: auch rote Lichter flammen. O einmal Mensch sein dürfen. – (...)

9.10.11. Ich weiß nicht mehr, wo mein Weg hingeht. Früher war alles klar, einfach. Jetzt ist alles dunkel, auseinander, zerstreut.

Eine solche Mischung wie ich ist sicher noch nirgends dagewesen, von rechts wegen müßte das unmittelbar zum Wahnsinn führen. Am liebsten wäre ich, man denke sich, Kürassierleutnant, – heute – und morgen wäre ich am liebsten Terrorist. Und nun denke man sich das nicht etwa fein säuberlich getrennt, sondern wie ein wirrer Knäuel durcheinander. Es hätte für mich nur einen Platz gegeben, wo ich mich wohlgefühlt hätte, ich hätte ein Kaiser sein müssen.

Ich habe Talent zur fröhlichsten Kameradschaft, zur dollsten Sauferei, zum Geschwätz mit Weibern, und 5 Minuten darauf bin ich totunglücklich, leer, hohl, verlassen – und dann bin ich auf einmal wieder Künstler. – Und nun soll ich mir aus mir ein Bild machen, was für mich das beste ist.

3.11.11. Einem Litteraturhistoriker muß es von großem Interesse sein, später einmal meinen Wegen nachzugehen. Ich glaube, er wird da viel interessantes finden. Nur eines: Ich wäre einer der größten Dichter geworden, wenn ich nicht einen solchen schweinernen Vater gehabt hätte. In einer Zeit, wo mir verständige Pflege nötig war, mußte ich alle Kraft aufwenden, um diesen Schuft von mir fern zu halten. Wenn man mir nicht glaubt, so frage man meine Mutter nach meiner Jugend.

10.11.11. Mit wem kämpfe ich eigentlich? Wo ist dieses Scheusal, das sich mir niemals stellt? Vielleicht giebt es Menschen, die durch einen Irrtum des Schicksals in eine falsche Zeit gestellt worden sind. Die Natur kann also irren.

## Verstreute Tagebuchaufzeichnungen

15.11.1911 M i t t w o c h  A b e n d . 15. Ankunft München

D o n n e r s t a g .  G r e c o .  G o y a  (Pute) R e m b r a n d t : Grablegung.

B a l d u n g.  Ruysdaal  W a n d e r n d e.  A l t d o r f e r:  Krieg. Wald.

G r e c o: Der Inquisitor.

N a c h m i t t a g  Isartal.

A b e n d s  Das interessanteste Gespräch mit Erika.

Handgelenke. 100jährige Verkörperung. Erdbeben.


20.11.11. Jetzt habe ich den Kampf. Denn meine Phantasie ist gegen mich aufgetreten und will nicht mehr wie ich will. Meine Phantasie, meine Seele, sie haben Angst und rennen wie verzweifelt in ihrem Käfig. Ich kann sie nicht mehr fangen. Wo ist die göttliche Ruhe des Tages, der Ophelia, des Fieberspitals.

Ich verbiege Jentzsch u. Hoddis alles. Hoddis, Jentsch verbiegen mir alles. Jentsch, ich, verbiegen Hoddis alles.

Der Irrsinn der Natur, uns 3 auf einen Klumpen zu werfen. Ich hätte am Äquator, Jentsch am Südpol, Hoddis am Nordpol wohnen müssen. Oder besser auf drei um Ewigkeiten getrennten Sternen.

# Fünftes Tagebuch

## Tagebuch des Georg Heym.
## Der nicht den Weg weiß.

10.12.11. Ich glaube wohl: In 300 Jahren werden die Menschen sich an den Kopf fassen, wenn sie unsere Leben sehen. Sie werden sich wahrhaftig fragen, wie die Günther. Lenz. Kleist. Grabbe. Hölderlin. Lenau, die Hoddis, Heym, Frank überhaupt soweit durchgekommen sind. Und wie es für diese Naturen, (die zu anständig waren, um zu compromißlern, wie die Göthe, Rilke, George etc) in dieser trüben und vor Wahnsinn knallenden Zeit überhaupt noch möglich war, sich durchzuschlagen. Der Jentzsch wird wohl auch bald seinen Compromiß abgeschlossen haben.

## Verstreute Tagebuchaufzeichnungen

Dezember 1911 Wundervoll. Gespräch mit meiner Mutter über meine Kunst:

Meine Mutter: »Du hast keine edle Seele. Sowas kann ich nicht lesen. Wer wird denn so etwas lesen. Edle und zarte Seelen kaufen doch so was nicht.« – – –

Meine Einwände .... »Aber, Georgel, Goethe und Schiller, haben doch auch anders gedichtet. Warum schreibst Du denn nicht im ›Daheim‹ oder in der ›Gartenlaube‹.«

Schließlich habe ich ihr versprechen müssen, jetzt edle und zarte Gedichte zu machen.


20.12.11. Größe ohne Schlechtigkeit nicht denkbar. Ja. Was heißt aber Schlechtigkeit. – Wahrscheinlich giebt es überhaupt keinen allgemeinen Maßstab außer dem aesthetischen. Und auch dieser ist nicht vollständig, da er den Menschen immer als ganzes zu sehen gewohnt ist. Erst wenn man sich daran gewöhnt hat, überhaupt nicht mehr Maßstäbe anzulegen, – wird man einen richtigen Standpunkt für den Aspect des Menschlichen gewinnen. Erst wenn man sagt, alles, was geschieht muß geschehen; Jede Handlung ist absolut notwendig, eine Verantwortung gibt es nicht, und auch die vor dem Forum der Aestetik ist eine Ungerechtigkeit und eine atavistische Voraussetzung, wird man eine gewisse Ruhe der Auffassung erreicht haben –

Niemand denkt soviel über sich nach, wie ich. Niemand beurteilt sich vielleicht so falsch.

Das Meer ist sehr kalt.
Und frierend.
*(eine unleserliche Zeile)*

Ich bin in einen
Hausflur getreten.

Ich habe *(unl. Wort)* beleidigt

Ich habe einen Retter gesehen *(unl. Wort)*
Wesenlosen

Teurer Golo. Ich bin sehr stark und sehr schwach. Ich quäle mich. Ich leide an Selbstqual. Ich habe die Zeit, nachdem ich mit dem Professor handelseinig. – Ich habe ein Bad genommen, teils um vor mir selbst zu prahlen. Die Fische

# Aus den Traumaufzeichnungen

26.VIII.07. »Um beständig lebhaft zu träumen, bedarf es nichts mehr, als einige seiner Träume niederzuschreiben,« sagte ein Weiser. Gut, da es mein Wunsch ist, oft zu träumen, befolge ich den Rat.

eodem die Wir hatten ein unnennbares Verbrechen begangen. Nur ein tiefes Grauen war in uns geblieben, aber die Tat selbst war vergessen und so sehr ich mich quälte, ich konnte mich nicht erinnern. Nun saßen wir in der Folterkammer. Einem Gefährten spannte der Henker den Arm in einen Schraubstock und zerbrach ihn. Er ließ es willenlos geschehen. Der Henker sah furchtbar aus. Er war modern angezogen und hatte einen medizinischen weißen Mantel über seinen schwarzen Beinkleidern. Sein Gesicht war ganz ausdruckslos, fast gutmütig. Und das eben erschien mir so furchtbar. Dann verband er den Willenlosen, der ruhig fortging.

Mir und dem dritten Gefährten sollte ein Auge ausgestochen werden. Ich winkte ihm, er sollte mit mir fliehen, da die Tür auf die Landstraße hinaus offen stand. Aber er achtete nicht darauf. Er setzte sich ruhig nieder.

Der Henker trat vor ihn und bohrte ihm eine vielleicht 4 cm lange kleine Holzrolle, an der vorn ein kleiner scharfer Korkzieher angebracht war, in den Tränensack des linken Auges und drehte den Korkzieher immer tiefer in das Auge. Dann zog er ihn heraus. Nach einer Weile quoll Wasser hervor, das Auge lief aus. Ich entfloh. Als ich die Landstraße entlang eilen wollte, trat der Geblendete in die Tür. Seine Augenhöhle war schwarz. Er wischte sie sich mit dem Taschentuch aus. Mich befiel eine ungeheure bodenlose Traurigkeit und ich entfloh, und wußte nicht, wohin.

Ich erwachte.


9.10.1907 Ein Kind im Spiel am Abend mit einem andern, das halb Greis halb Kind. Ich fragte es, wer es sei »Ich bin der Unsterbliche Böse« war die Antwort.

30.III. 1908 Napoleon kämpfte in einem großen hellen Saal den letzten Entscheidungskampf. Er wurde nach langem Kampf bezwungen und man versprach ihm freien Abzug.

Zu Pferde verließ er mit seiner Gemahlin den Saal. Er sah groß, stattlich, herrlich aus.

Er trug schwarze Locken und war in einen grünen Rock mit weißer Weste gekleidet. Seine Gemahlin nach heutiger Mode. Er hob sie auf's Pferd und sagte dann: »So die Pferde haben endlich Tritt.« Ihm folgte ein Paar zu Pferde, das ihm und der Kaiserin ganz glich. Sie waren größer als alle im Saal. Als sie durch die Tür ritten, hörten sie von dem Tisch der vier royalistischen Adligen, die gesiegt hatten, die an die unterlegenen napoleonischen Garden gerichteten zornigen Worte: »Wartet, Wartet«

28.IV 1908 Ein Bild mit Schlangen, die durch das Wasser schwammen. Darum viel Tiger mit gestreckten Hälsen.

12.9.1908 Ich träumte, daß ich einen Schädel aus der Erde grub.

Ich war in einem Schloßhof. Sah eine schöne Landschaft unter ihm. Ein Adler kam auf mich zu. Seine Schwinge endete in eine Kralle. Er riß mich über dem Handgelenk. Dann flog er nach Dänemark.

19.6.1909 Ich trete in einer wahnsinnigen Tracht aus meinem Zimmer, von einem furchtbaren Phantom gejagt. Ich vermag mit letzter Willenskraft noch die Tür vor ihm zu schließen.

2.Juli 1910 Ich stand an einem großen See, der ganz mit einer Art Steinplatten bedeckt war. Es schien mir eine Art gefrorenen Wassers zu sein. Manchmal sah es aus wie die Haut, die sich auf Milch zieht. Es gingen einige Menschen darüber hin, Leute mit Tragelasten oder Körben, die wohl zu einem Markt gehen mochten. Ich wagte einige Schritte, und die Platten hielten. Ich fühlte, daß sie sehr dünn waren; wenn ich eine betrat, so schwankte sie hin und her. Ich war eine ganze Weile gegangen, da begegnete mir eine Frau, die meinte ich sollte umkehren, die Platten würden nun bald brüchig. Doch ich ging weiter. Plötzlich fühlte ich, wie die Platten unter mir schwanden, aber ich fiel nicht. Ich ging noch eine Weile auf dem Wasser weiter. Da kam mir der Gedanke ich möchte fallen können. In diesem Augenblick versank ich auch schon in ein grünes schlammiges, Schlingpflanzenreiches Wasser. Doch ich gab mich nicht verloren, ich begann zu schwimmen. Wie durch ein Wunder rückte das ferne Land mir näher und näher. Mit wenigen Stößen landete ich in einer sandigen, sonnigen Bucht.

20.8.10. Traum von der Pest.

Eine öde Vorstadtstraße, wenig bebaut. Vor mir ein Abhang, im Grunde ein eingezäuntes Terrain, in dem ich die Pestkranken schlafen sehe.

Hinten über Feldern ein weiter grüner Wald. Und über allem ein ewig klarer blauer Frühlingshimmel.

Ein Karren voll mit Kranken kommt die Straße herauf. Es wirbelt in ihm von Gliedern. Furchtbare Gesichter heben sich aus der Masse der Leiber. 2 Männer begleiten ihn, die jeder ein Kissen, das mit Benzin gefüllt ist, an die Nase halten. Der Karren langt bei mir an. Das Brett hinten wird herausgezogen, und der Qualm und furchtbare Dunst der Beulen flutet heraus. Die Leiber stürzen sich überschlagend heraus, wie die Kohlen aus einem Kohlenwagen. Man drängt die Kranken nach dem Abhang zu. Sie stürzen ihn herunter, lallend von furchtbaren Delirien, singend, tanzend und aus zerfetzten Kleidern einen entsetzlichen Geruch verbreitend. Sie quellen in den Verschlag unten, in den entsetzlichen gräberlosen Totenacker. Der Wagen gähnt leer, als suchte er nach neuer Fracht. Der eine Mann mit dem Riechkissen sieht um sich. Er bemerkt einen harmlosen Passanten und läßt ihn festnehmen. Der sträubt sich mit aller Kraft. Aber er ist bald gefesselt und in den Zaun gestoßen.

Ich sehe herunter und sehe unten das Gewühl der Leiber, die in den Höhlen brennenden Augen, und furchtbar gereckten Fäuste. Ein wahnsinniges Brüllen. Sie wissen, sie werden dem Hungertode überliefert.

Hinten über den Wäldern hat sich der blaue Himmel mit kleinen weißen Wölkchen gefüllt.

Erklärung: Ich hatte einen Articel über Verbreitung von Seuchen durch die Eisenbahn gelesen.

Traum 20.11.10.

Eine Waldlandschaft, verschneit, ein winterlicher See. Am Ufer gehen lang Reid, Rudolf Balcke, und ich. Plötzlich habe ich ein eigentümliches Gefühl. Ich sehe empor. Und sehe einen Luftballon in rasender Fahrt über die Baumkronen streifen. Über der Gondel, in den Stricken hängt ein Mann, braune Jacke, kein Kragen, kein Hut. Schwarze struppige Haare, schwarzer Vollbart, das große Auge eines Wahnsinnigen. Er ist ungefähr doppelt so groß wie der Ballon u. führt furchtbare Sprünge u. Tänze an den Seilen aus.

Plötzlich landet der Ballon. Der Kerl springt heraus u. rast wie ein Wahnsinniger am See entlang. Er scheint irgendwelche Leute tot zu schlagen, denn ich höre ein Geschrei. Reid, der ganz vorn ist, beginnt zu laufen, Rudolf hinter ihm her. Ich nehme eine Stange auf, und renne den beiden nach. Als ich sie einhole, verändert sich die Landschaft. Sommer, blühende Sträucher. Ein Knabe steht aus dem Grase auf, u. zeigt uns die Schwielen, die er von dem Irren bekam. Wir sehen links in der Ferne eine breite Dorfstraße u. sehen den Irren noch mit wahnsinnigem Lauf zwischen den ersten Häusern hinrennen.

Dieser Traum hat mich irgendwie furchtbar erschreckt.

10.11.1911 Traum vor 2 Nächten: Ich bin in unserem Eßzimmer. Ein großer Tausendfuß kommt herein, er verfolgt mich und ist immer hinter mir her. Ich laufe in meine Stube, und suche die Tür zuzuklemmen. Aber da steckt er schon den Kopf herein. Und ich wache auf.

14.12.11. Traum: geflügelter Stier. – Adler.

Einige Halswirbel entzwei. Viele Stiere – Der Adler schlägt sie alle. Die Stiere fliegen über das Wasser. Aber der Adler ist über ihnen. Die Stiere wollen den Adler einladen, und die eine Stierfrau – wie eine Pastorin – und ein Stierherr wollen ihn in die Mitte nehmen. Aber der Stierherr fängt es dumm an. Der Adler entweicht u. steigt in die Höhe. Die Stierfrau mit der goldenen Brille lacht.

## Über tredition

### Eigenes Buch veröffentlichen

tredition wurde 2006 in Hamburg gegründet und hat seither mehrere tausend Buchtitel veröffentlicht. Autoren veröffentlichen in wenigen leichten Schritten gedruckte Bücher, e-Books und audio-Books. tredition hat das Ziel, die beste und fairste Veröffentlichungsmöglichkeit für Autoren zu bieten.

tredition wurde mit der Erkenntnis gegründet, dass nur etwa jedes 200. bei Verlagen eingereichte Manuskript veröffentlicht wird. Dabei hat jedes Buch seinen Markt, also seine Leser. tredition sorgt dafür, dass für jedes Buch die Leserschaft auch erreicht wird.

Im einzigartigen Literatur-Netzwerk von tredition bieten zahlreiche Literatur-Partner (das sind Lektoren, Übersetzer, Hörbuchsprecher und Illustratoren) ihre Dienstleistung an, um Manuskripte zu verbessern oder die Vielfalt zu erhöhen. Autoren vereinbaren direkt mit den Literatur-Partnern die Konditionen ihrer Zusammenarbeit und partizipieren gemeinsam am Erfolg des Buches.

Das gesamte Verlagsprogramm von tredition ist bei allen stationären Buchhandlungen und Online-Buchhändlern wie z. B. Amazon erhältlich. e-Books stehen bei den führenden Online-Portalen (z. B. iBookstore von Apple oder Kindle von Amazon) zum Verkauf.

Einfach leicht ein Buch veröffentlichen: **www.tredition.de**

## Eigene Buchreihe oder eigenen Verlag gründen

Seit 2009 bietet tredition sein Verlagskonzept auch als sogenanntes "White-Label" an. Das bedeutet, dass andere Unternehmen, Institutionen und Personen risikofrei und unkompliziert selbst zum Herausgeber von Büchern und Buchreihen unter eigener Marke werden können. tredition übernimmt dabei das komplette Herstellungs- und Distributionsrisiko.

Zahlreiche Zeitschriften-, Zeitungs- und Buchverlage, Universitäten, Forschungseinrichtungen u.v.m. nutzen diese Dienstleistung von tredition, um unter eigener Marke ohne Risiko Bücher zu verlegen.

Alle Informationen im Internet: **www.tredition.de/fuer-verlage**

tredition wurde mit mehreren Innovationspreisen ausgezeichnet, u. a. mit dem Webfuture Award und dem Innovationspreis der Buch Digitale.

tredition ist Mitglied im Börsenverein des Deutschen Buchhandels.

## Dieses Werk elektronisch lesen

Dieses Werk ist Teil der Gutenberg-DE Edition DVD. Diese enthält das komplette Archiv des Projekt Gutenberg-DE. Die DVD ist im Internet erhältlich auf **http://gutenbergshop.abc.de**

FSC
www.fsc.org

MIX

Papier | Fördert
gute Waldnutzung

FSC® C083411

Zeitfracht Medien GmbH
Ferdinand-Jühlke-Straße 7
99095 Erfurt, Deutschland
produktsicherheit@kolibri360.de